トトロの生まれたところ

啊！龙猫

〔日〕宫崎骏 监修　日本吉卜力工作室 编　史诗 译

南海出版公司

左页和右页都是宫崎骏描绘的龙猫的概念图。在公交站等待父亲的女孩遇到了龙猫，不一会儿，猫巴士和其他不可思议的生物也出现了。图注日期"1975年"表明这是宫崎骏在最初的构思阶段画的。

前 言

过了三十年，我才对有些事恍然大悟。

二〇一七年，梅雨季节里一个久违的晴天，宫先生（宫崎骏）对我说：

"我想带你去看看龙猫诞生的地方。"

关于龙猫诞生地的故事，我已经听过很多次。每到星期日，宫先生就会去渊之森捡垃圾。神之山在他心目中是那么美丽。宫先生担心神之山被人们开发，决心做点什么保护这片山林，便创作了《龙猫》。

聊着聊着，宫先生觉得用言语描述神之山实在不够，于是提出带我去看看。

百闻不如一见。

要是认真计较起来，宫先生可是个"城里孩子"，从小生活在东京的中心地区。结婚后，他却来了所泽这个乡下地方定居，转眼就过了五十年。他常常在这附近散步，这个习惯给了他《龙猫》的创作灵感，因此这部动画电影最初的名字是"所泽的邻家怪物"，后来简化为《邻居托托罗》（中国译为《龙猫》）。

我们在新秋津站碰面，往神之山走去。沿着西武铁路向西前行，杂树林将铁轨和公路隔绝开来，偶一回神，竟不知自己身在何处。与我们同行的 K 也住在所泽，很是为这里自豪。

"本地人爱管这条路叫'轻井泽'。"

这个称呼并不夸张，比起真正的避暑胜地轻井泽，这里可能更胜一筹。

走到路的尽头一拐，就是渊之森。听宫先生讲过无数次的地方出现在我眼前，心中自然涌出一股亲近感。我们继续前往八国山——在《龙猫》里，它的名字是"七国山"。

登上松丘，离八国山就不远了。渐渐地，我被一种不可思议的感觉包围。极尽美丽的绿色让我从现实中抽离，仿佛置身"神明住所"的一隅。那一瞬间，我意识到，神之山、渊之森和八国山已经成了宫先生生命的一部分，如果失去了它们，对宫先生来说将是不折不扣的切肤之痛。

散步途中，宫先生轻叹了一句：

"如果没有住在所泽，龙猫就不会诞生。"

那是我第一次对宫先生产生敬畏之心，对他在行走、观览中展现出的感受力，我钦佩不已。

吉卜力工作室　铃木敏夫

目 录

神之山

这里是所泽的玄关，
这是唯一一片未经开发的纯净之地，保持着原生态的样貌。

摄影：伊井龙生、宫崎敬介

这是西武池袋线秋津站到所泽站沿线的风景。
城郊住宅区周围出现了一片森林。
这片原生杂木林十分珍贵，是当地开发工程中唯一未被触碰的保留地。
它温柔地守护着住在这里的人们，是大家心中的故乡。

所泽　秋津
西武池袋线
西武新宿线
赤羽
池袋
上野
中央线　三鹰
新宿
东京
京王线
涩谷
调布
小田急线
东横线
品川
田园调布

融入当地人生活的神之山

位于西武池袋线沿线的神之山孕育着一片杂木林。人们生活所需的薪柴、日常堆肥，无不取自这片山林。如今，随着生活方式的改变，杂木林已经失去了这些实用价值，但是对当地人来说，这里仍然与他们的生活紧密相连，就像故土一样。

神之山的入口是条人工铺设的小道，毫不起眼，可一旦踏入其中，便会来到另一个世界。

枹栎和麻栎高高耸立，阳光从枝叶间洒下，在绿意盎然的小道间摇曳。街上嘈杂的人声和汽车的噪音被隔离开来，行走之间，仿佛有不可名状的气韵在身周流动，让人不知身在何处。这样一条可以让人忘记琐事、清净身心的散步道，难怪受到当地人的喜爱。

茶园对面就是神之山。对于生活在这里的人来说，这样的风景既是珍宝又是日常。近年来，这一地区的开发不断推进，但所泽市政府和当地人一直全力保护神之山的原生态。

坐在东京都中心开往所泽的列车上，透过车窗眺望郁郁葱葱的神之山，会让人有种"回来了"的安心感。上安松一边的山崖上有横穴古坟，是一千三百年到一千四百年前的古坟时代修建的，据说太平洋战争期间，曾有士兵把军装、汽油等军需用品藏在那里。

故乡手绘日记

图/文：宫崎朱美

春

宫崎朱美女士一直用画笔描绘所泽美丽的大自然。
在她的手绘中，四季的野草和树木生机勃勃，
只有生活在这里的人才会有这样的温柔视角。

春天的杂木林，
万物复苏。

从金仙寺到比良之丘的斜坡上，春天的大幕已经拉开，分外精彩。樱花、碧桃、连翘……花儿一齐绽放。从路边采来问荆，当作晚餐的食材，是这个季节的乐趣之一。 （二〇一七年三月三十一日）

薹草

冬天，草木都没了踪影，只有薹草忍受着严寒，等待春天。

银莲花

这里是砂川町小河边的一片林地。"应该已经开了吧？"一下公交，我的心就怦怦直跳。走过去一看，大片盛开的银莲花映得四周风景也明亮了。我坐在树桩上忘我地画了起来，后来才感觉到，屁股都坐疼了。

（二〇一五年四月十七日）

猪牙花

刻叶紫堇

紫花地丁

这片林子之前长满了细竹和常绿树，高低错杂、枝杈散乱。后来多亏"龙猫的故乡"基金会的志愿者们长期打理，这里变成了一片氛围明快的杂木林，猪牙花开得一年比一年热闹。写生时竟然听到了野鸡的叫声，真让我大吃一惊！

（二〇一五年三月二十四日）

枹栎的新芽

爬坡时我低头看着脚下，忽然感到上方有个东西在发光。抬起头一看——"这是什么花？"原来是枹栎的新芽！新芽表面的茸毛仿佛胎毛一般，在阳光下闪烁着洁白的光芒。

山樱花

在埼玉绿森林博物馆，一只
小桶里插着刚剪下的樱树枝
条，旁边写着"欢迎拿走"。
我就这样得到了一支山樱花。
过了一个星期，它开花了。

所泽各处都有种植狭山茶的
茶园。这个茶园就在三岛"煤
煤虫之家"的背后。
（二〇一五年四月二十八日）

新茶

每年五月初，立春过后的第八十八天前后，精心
培育的茶叶可以采摘了。采茶时，人们在腰间挂
上篮子，采下茶株最上面的三片叶子。在狭山茶
的产地，这种"一芯二叶"的采茶方式被称为"三
叶摘"。

火把杜鹃

第一次看到火把杜鹃，是在八国山的杂木林里。那时我就惊叹：
这花真漂亮啊。

那时的八国山草木葱茏，向南望去，能看到树林里、枝丫掩映
下医院的屋顶，北侧山麓田地铺展，小河潺潺。在爱捉泥鳅和
螯虾的孩子眼中，那里就是天堂。

野茉莉

发现地面总被掉落的花朵染白，我才注
意到野茉莉。仰头望去，枝条上挂满了
白色的花朵。

呼唤春天的林地花草

早春怯怯展颜的野草，
树木抽芽时竞相开放的小花，
林地上的花草轮番登场。

鹅掌草

多被银莲花

长苞头蕊兰

柔弱斑种草

矮小稻槎菜

阔叶老鸦瓣

三叶委陵菜

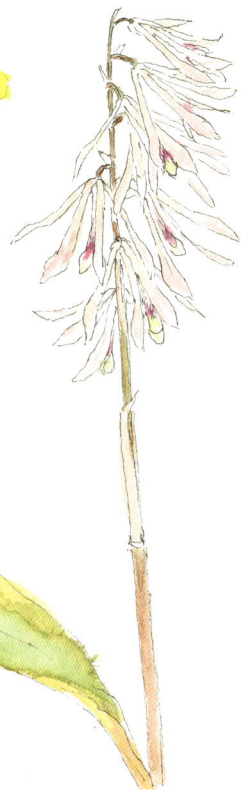

杜鹃兰

鹿茸草

金疮小草

春兰

夏

阳光在枝枝叶叶间闪烁，
夏日的野树丛生机勃勃。

初夏的林子里充盈着各种各样的绿色，亮晶晶地闪着光。耳边传来各种小鸟的叫声。可惜的是，我能听出的只有乌鸦和远东山雀。

（二〇一五年六月二日）

紫金牛

紫金牛是一种矮小的灌木，秋天果实会变红，
非常惹眼，此前我从未见过它们在夏天开出的
小花。这棵紫金牛正好长在斜坡上，让我能够
从侧面描绘，但脚下不断打滑令人十分头疼。

紫金牛的果实

我在夏草的腾腾热气中发现了这朵花，它好像在提醒人们："夏天到啦！"菩提树田的田埂间，野萱草沐浴在阳光下。

（二〇一六年六月二十七日）

日本臭菘的叶子

日本臭菘

日本臭菘盛开在幽暗的林地上，在三月会
长出大大的叶子，待叶子消失，到了六月，
就会开出朴素的小花，不凝神寻找就无法
看到。

马兜铃

这是我一直想看一看的草。偶然得知它长在这里，本想趁清晨天气凉爽来画画，但八月的太阳格外毒辣，下笔没多久便浑身冒汗。我饶有兴趣地观察花朵的形状，意外发现四处都是神秘的麝凤蝶的幼虫。

柳叶箬

灯芯草

假柳叶菜

狭山丘陵地带形成了数块小谷地，有些被开垦成了农田。因为是用传统的方法开垦，田间还有杂草没有锄净，十分难得。我很喜欢这里。

异型莎草

莎草属植物长得各式各样，我很喜欢，但记住它们的名字太难了！

秋

秋意渐浓，
杂木林染上了红色和黄色。

菩提树田里的稻子已经收割掉一半，
剩下的低垂着脑袋。
河堤上长着戟叶蓼、小鱼仙草、鸭跖
草……山莴苣铆足劲儿向上伸展，星
星点点的浅黄色小花在蓝天下闪耀。
（二〇一七年九月二十九日）

长花帚菊

*长花帚菊总是零零
散散开在林间，眼
前这茂密的一丛着
实让我吃惊！仿佛
精心捆扎的花束。*

33

羽裂叶毡毛马兰

狼尾草

须芒草

日本乱子草

金色狗尾草

走出树林，四下瞬间明亮起来。在狭山湖畔休息片刻，眼前的
小草实在美丽，忍不住画了下来。
这里的羽裂叶毡毛马兰被割过一次，如今叶片伸展，还开出了
花，就是姿态有些奇怪。　　　　　　　（二〇一五年十月十四日）

山萆薢

经常看到山萆薢缠绕在栅栏上。所泽（日
语发音 tokorozawa）里的"tokoro"据说
就和这种草（日语发音 onidokoro）有关。

水蜡树

日本紫珠

龙胆

戟叶蓼

水蓼

野原蓟

牛尾菜

白英

箭叶蓼

毛脉荚蒾

落霜红

荚蒾

山牛蒡（左），东风菜（右）

秋天的杂木林里到处是蜘蛛网。如果不捡根小树枝边挥边走，就会遭殃。还有大群的豹脚蚊接连袭来。就这样，我遇到了山牛蒡和东风菜。

桑叶葡萄

这是我第一次看到桑叶葡萄结出的果实。

鸟儿们一定会来美餐一顿。

要是再结多点，我也想尝尝看。

脚下的小小秋天

秋雨落下，
满是朽木和落叶的泥地上长出各式各样的蘑菇来。
小小天地里也有四季，
林中散步更有趣了。

蘑菇一年四季都有，但我更喜欢长在秋天的，好像能教人亲近这个时节。蘑菇种类很多，我不知道它们都叫什么。它们的形状每天都有微小的改变，能观察到与昨天不同的姿态，实在有趣。

冬

走向终点的季节，
不久落叶就会覆盖整片林地。

有的树叶会在秋天变红后立刻凋落，但是榉树、枹栎和麻栎的叶子并不会在染上秋色后迅速脱落，它们会在冬日的阳光中闪闪发光，美丽至极。

（二〇一五年十二月十六日）

麻栎

朴树

榉树

枹栎

落叶

橡子会从树上掉落，但榉树的小果实会在枝头待上一阵儿，与落叶结伴随风飘坠。

枹栎的树桩

这棵枹栎被砍掉，是为了让它来年抽出新的枝条。很久以前，人们就开始采用这种方法让树木重返青春。我对新的一年充满期待。

大柄冬青

在落叶纷纷、林间尽显开阔的时节，大柄冬青的残叶仍坚守到最后，在枝头闪着金色的光辉。真是了不起的美丽！

附近的小学老师曾带着孩子们来这片杂木林里学习。他们在这里上了一年的课，还为树林唱了首歌——《谢谢你》。

想到那番情景，我的心头一暖，在寒风中哆哆嗦嗦地画下了这幅画。（二〇一六年十一月三十日）

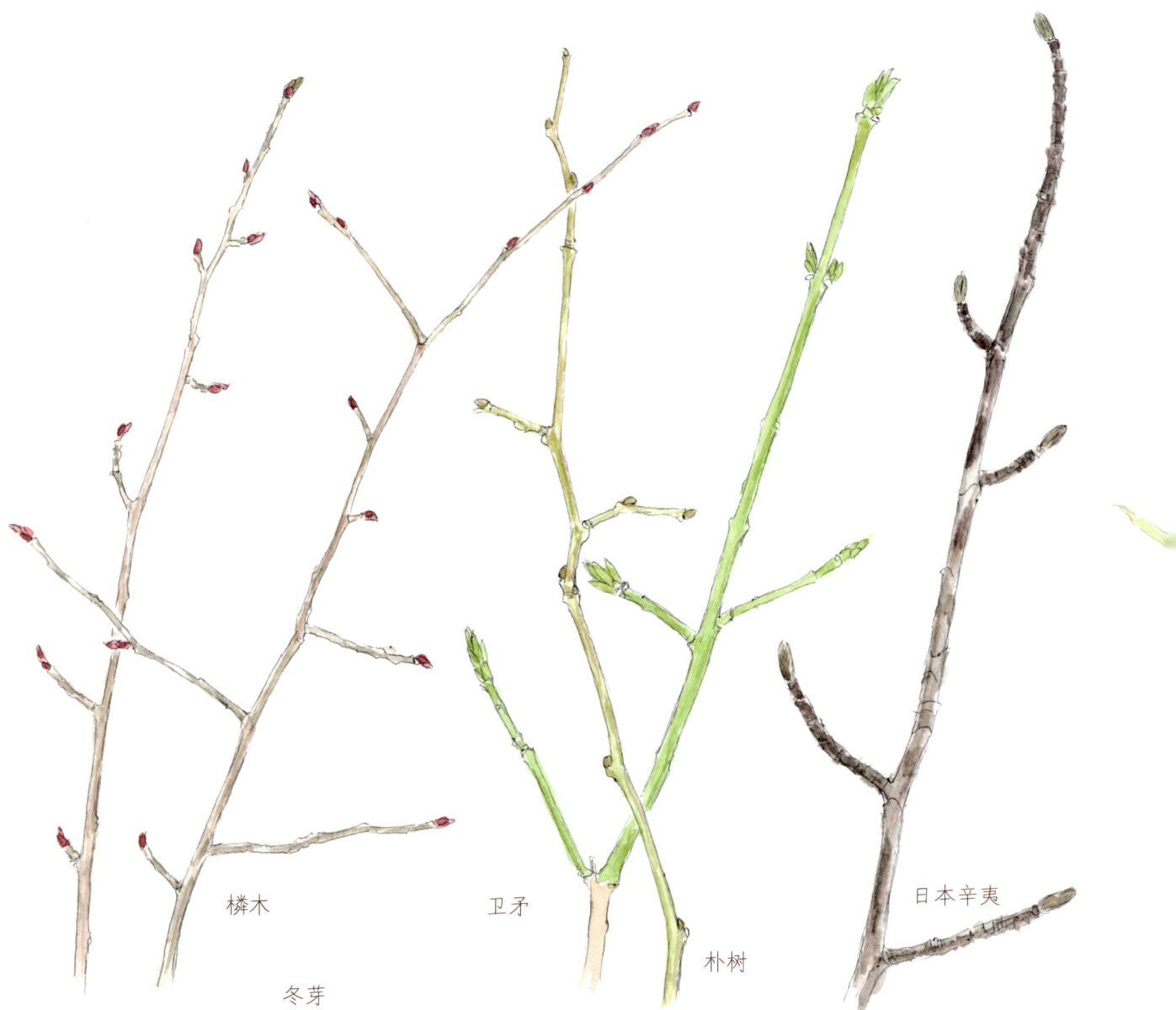

榉木

卫矛

朴树

日本辛夷

冬芽

雪后的清晨，我到林子里散步，捡起落在雪上的树枝。春天就要来了，
榉木的红色冬芽美艳动人。

青苔竹

无人打理的杂木林被青苔竹占据了大半。阳光无法照到地面，春天的花草就无法成长。青苔竹最终都被砍掉了。

繁缕

春之七草之一，可用来熬制七草粥。随处可见，但恐怕没有人觉得能吃。

水芹

也属于春之七草。生长在湿润的地带，水流或田地周围常常能看见。

阴地蕨

枯萎的金兰

初春时节，林地上开出金黄色
的小花，那便是金兰。人们往
往只注意到那可爱的花朵，其实
在冬天，枯萎的金兰也是杂木
林的一道风景。看到它们，我
不由得拿起了铅笔。

入冬了，杂木林展现出今年最后的
光辉。
这片美丽的"千门之森"在志愿者
的努力下生机勃勃。我期待来年春
天与这些花草再次相遇。

（二〇一五年十二月七日）

八国山

追寻龙猫的踪迹
吉卜力工作室制片人铃木敏夫的八国山之行

引路人：铃木敏夫　摄影：伊井龙生

狭山丘陵平缓开阔，东端就是八国山。

山上的杂木林里有高大的枹栎和麻栎，让人想到龙猫居住的森林。

从山脊道走入岔路，轻风拂过静谧的广场和池塘。

能看到山峦丰富多彩的表情，是这里的魅力之一。

江户时代的地形和小道留存至今，向我们传递着当时的风景。

这里是"神明住所"，是宫先生留下无数足印的地域

宫先生带我走访了许多"龙猫诞生的地方"，八国山是其中最特别的一处。

八国山位于狭山丘陵东端，山的北侧是一片东西向的狭长绿地，与所泽相接。从任何一个方向都可以进入八国山，但宫先生毫不犹豫地选择了松丘。我们开车登上松丘，道路两侧房屋林立，一看就是高级住宅区。附近没有停车场，我们便把车停在坡顶。

从车上下来，走进杂木林没几步，风景便豁然开朗。这里有很多砍伐后留下的树桩，使得四周毫无遮挡。我一直以为树木一旦被砍就会死去，可这些树桩不但树皮没有脱落，反而长出了很多新芽，好像想要捂住切口似的。后来，宫先生的夫人朱美女士（宫崎朱美）告诉我：

"正因如此，森林才不会死。"

宫先生带我走上右侧的山脊道。麻栎和枹栎错杂生长、亭亭如盖，已然看不到天空。走了一会儿，野鸟的鸣叫声渐起。我跟在宫先生身后，和他一起走到岔道口。宫先生没有犹豫，选择了其中一条小路。我看着他默默前行的背影，心绪不由得放松散漫起来。我们就这样一前一后，穿过一片林子。视野瞬间开阔，原来前方是一处大广场。我顺势向下望去，不觉微微吃惊——这是什么地方啊！

除了鸟儿的鸣叫，再也听不到其他声音。或许因为是工作日，四周也没有人。当时正值梅雨间隙的晴天，这番光景使我不自禁把这里称为"神明住所"。

过了九月，我第二次拜访八国山，想将这里深深印进脑海。而第三次拜访，是在一个阴天，东京从清晨起就阴云密布。这让我十分担心，但还是决定去。一到八国山，我就直奔"神明住所"。它再次令我惊讶不已：明明是阴天，广场上的绿色却如此明艳动人。绿意是那么柔软，我的眼睛仿佛也被呵护了。

三次拜访八国山，我都为极尽美丽的绿色所打动。第二天早上，我与宫先生分享这种体验，他立刻告诉我：

"晴天的时候，光线强烈，会带来巨大的明暗反差。阴天时光线变得柔和，就能发现各种各样的绿色，非常漂亮。"

他一定是来了很多次，才会如此熟稔，有如此独到的发现。

杂木林当然不只有麻栎和枹栎。我觉得漂亮却叫不上名字的树木还有很多，算上杂草，更是不计其数。朱美女士几乎知道它们每一个的名字。

从现在开始也不晚。我想去了解这些草木，记住它们的名字。

从这条山脊道开始散步。

这棵树被砍掉，经过人们悉心的培育，从树桩萌发了新的枝芽。看来，人工维护杂木林很有必要。

从松丘进入山脊道，就能看到将军冢。新田义贞进攻镰仓时，曾在这里布阵。这一带能看到许多树木萌发新芽，重返青春。

柔和的光线下，林中的绿意充满奇幻的色彩。

离开山脊道，沿岔路向下走，高大的树木前，一个开阔敞亮的广场铺展开来。

水土流失让树根全都暴露出来了。

这里，就是"神明住所"。

在郁郁葱葱的绿意中，一边为生命力的强大震惊着，一边感受着这份让时间凝固的寂静。

绿色对眼睛很有好处。

前些日子有台风刮过，地面落满了橡子。绿色的橡子非常少见。

好像龙猫遗落的东西啊。

紧邻广场的新山手医院就是小月和小梅的母亲所住医院的原型，是一九三九年建造的，最初是结核病疗养所。

八国山空气清爽、环境宜人，应该很适合疗养吧。

* 图中的建筑是老人护理保健所"保生之森"，与医院一起建成。

55

从所泽的风景中诞生的龙猫世界

宫崎骏

二十世纪六十年代后期，宫崎骏导演和家人一起搬到了所泽。

他在这片土地上边走边画，在一张张概念图上创造出鲜活的龙猫世界。

所泽是龙猫的创作之源。在这篇访谈中，宫崎骏导演讲述了他当时的创想。

武藏野的田园风光不断被破坏的时候，
我自己也像个破坏者一样踏入其中。

——所泽是《龙猫》的背景舞台，您第一次来时，给您留下了什么样的印象？

　　准确地说，并不是所泽这一个地方让我创作出《龙猫》的。二十世纪五十年代我住在东京杉并，那里举目皆是乡村风景。从战时避难所宇都宫搬到杉并时，我吓了一跳，觉得怎么会有这么荒僻的地方。虽说是东京，恐怕大家都会联想到林立的高楼，不料竟然还有茅草屋顶的房子。在这样的环境中长大的我，不觉得绿色的风景有多么珍贵，它们只是日常。

　　刚住到所泽时，我和我老婆都上班，没有买房，租房子住。但是想租到好房子并不容易，最终我们决定自己建一座。开始找土地的时候，去了练马的大泉学园，因为当时我们上班的东映动画就在那里。但我们很快就发现那边的房子买不起。

——那里的地价很高吗？

　　是的。所以我们就往西边找（笑）。公司里已经成家的人住得越来越靠西边，我们只能再往西一点儿。当时还看中清濑，那里有东京都第一座结核病疗养所，但是太贵了，于是我们搬到了不通急行列车的秋津。后来经人介绍，找到了如今的住处，一切都视经济状况决定（笑）。

　　对我来说，所泽的风景并无特别之处。那时这里被开发得乱七八糟，有的田地遭到废弃，有的地方还没修路就建起了房子，小河已经成了臭水沟。

　　这都是五十年前的事了。武藏野的田园风光不断被破坏的时候，我自己也像个破坏者一样踏入其中（笑）。

——您正好赶上大兴土木的时候啊。

　　嗯。我在附近闲逛，并没发现什么特别美好的地方。柳濑川很脏，道路也泥泞不堪，必须自己铺砂石，铺了以后很快又会变得乱糟糟……那时候我一点儿也不喜欢这里，只是太穷没有办法，只能住下。

——没留下什么好印象吗？

当时有种被流放到世界尽头的感觉（笑）。后来发现还有更遥远的尽头，比我们晚结婚的朋友，住得更靠西。这就是那个年代的状况。

植物、虫子、儿时玩耍的河流……我想把这样的日本风景变成电影。

——是什么机缘让您开始关注自然和植物？

制作以山地牧场为背景的《阿尔卑斯山的少女》时，为了描绘出生长在那里的植物和草原，我们进行了实地考察，结果觉得"还是日本的绿色更好"（笑）。阿尔卑斯山确实到处充盈着绿色，山顶的牧场、高大的树木、对面的山峦……但我觉得日本的风景要丰富得多。植物的种类远超那里，还有很多虫子。

就是从那个时候开始的。在那之前，我的脑海中就隐隐浮现一个想法，必须制作一部以日本自然风光为背景的动画电影。如果问我究竟喜欢日本的什么，植物、虫子，怎么也拔不完的杂草，儿时玩耍的、清澈的河流……我喜欢的就是这些东西组成的风景。我的心中怀有两种极端的感情，既有对日本这个国家的厌恶，又有对日本的风土与自然环境的依恋。那时，我再次认识到，以前的日本真是个美丽的地方。

——您是怎么将日本风景的元素融入的？

为了将这些风景变成电影的元素，需要有意识地重新捕捉（风景）。当时我工作的地方（现在的日本动画公司）位于多摩，多摩丘陵地带保留着乡村风貌。工作间隙，我走访了附近很多地方。为了建设城镇，那里的山脊道被开辟成了空地，随处可见不可思议的风景。从多摩走到所泽，一路上会接连发现许多有趣的东西，每次我都会在想象中将新建的建筑抹去（笑）。渐渐地，就这样成形了。比如小月和小梅居住的房子，就以一位住在神田川沿岸的朋友的家为原型，那里种满了蔷薇。电影里可以没有蔷薇，但要有那种氛围——岸边小高地的氛围。铁轨还要一直伸向远方。现实中那里没有轨道，不通列车。我就是这样创作这些背景的。另外，朋友家附近到处是高耸的大树，我就在电影里的房子旁边画上大树，硬说那是樟树，其实没有那么大的樟树。我明知如此，却还是随心撒个小谎（笑）。

勘太的家其实有个一模一样的原型。制作电影时，我和负责美术的男鹿先生（男鹿和雄）还过去看了一眼，周围已经建起了护岸工程，风景与之前完全不同了。我非常失望，男鹿先生对我说"我理解你"（笑）。我就这样将各种场景拼凑重组在一起。可以说龙猫的背景舞台是多个地方的集合。

（概念图）最初描绘的，是二十世纪三十年代前后的风景。我向制片人提交了企划，但完全没被当回事，被退了回来。于是我把剪贴本塞进书架，一丝未改，

"住在杉并的时候，我经常去池塘边钓钓鱼，散散步。
以前，神田川流域有这样的池塘。"（宫崎骏）

等待时机。那时我刚刚开始做构图设计的工作，但要是让我一辈子都干这个，我可不愿意。哪怕自掏腰包，我也想启动这个被搁置的企划。且不论前景优劣，它是我真心想要制作的作品。能遇见《龙猫》，真是天大的运气。因此我没有随意处置它，没把它和别的企划掺在一起，小心翼翼地将它收了起来。

电影背景中的元素，来自所泽不可思议的风景。

——《龙猫》中有没有哪些场景带有浓厚的所泽色彩？

电影制作过程中，之所以能够诞生乡间的小路、地藏菩萨这些背景元素，多亏了我住在所泽的那段时光。把这条小路原封不动地搬到银幕上去，再展开想象，将那条常走的小路在画纸上延长，我老婆一看就明白了，"这个是那边的小路吧。"

过去有很多不可思议的东西。在三鹰造好的飞机，竟要用牛车骨碌骨碌地拉到所泽的陆军机场。为了方便运输，人们事先拆掉了机翼。但当时所泽的路又窄又弯，走起来都很费劲。于是大家又是拓宽又是铺路，把原先的土路修得笔直，修到铁路跟前的时候，战争结束了，便没再往前修，最终也没能跨过铁路。那真是条不可思议的小路，两旁的榉树一个劲儿地长，路面宽阔又平坦，却没什么人走，我在脑海里将路上铺好的水泥刮掉，把它变成了猫巴士开过来的小径。如今，

那条路上的水泥已经没了踪影。

——您经常去八国山吗？

以前常去八国山。那时，山脊道上种满了松树，长得乱蓬蓬的，松林里的小路很难走，据说附近有蝮蛇出没。那里的风景开阔明亮、野趣十足，与现在完全不同。

第一次去的时候，我看到了保生园（现在的新山手医院）。当时日本的结核病患者已不多了，我以为那是家废弃的医院。瞥了一眼，看到有晾晒的衣物，才意识到有人。当时那里还有很多长期疗养的患者。

我母亲也得过结核病，住院很长时间。《龙猫》中医院的场景，就是我根据探望母亲的记忆拼凑出来的，日本的病房应该都一个样吧。不过保生园的人们都说"（宫崎骏导演）来取过景，拍过照片"（笑）。

——您说八国山和现在完全不一样了，真令人惊讶。

现在那里的树越长越高了。

——神之山当时给您留下了什么样的印象？

第一次去的时候，那里是片开阔的田地，四面树林环绕，种着茶树、土豆之类。真是个有趣的地方，让人心情愉悦。远处能看到一栋楼房，楼顶的牌子上

猫巴士行驶在一条不可思议的坡道上，
坡道又窄又弯，两旁都是榉树。

ネコバスはいく
猫巴士开走了

在公交站等父亲时，一个身份不明的东西站到了身边。想看又不敢看，女孩的表情说明了一切。

写着丸井什么的，当时我想"啊，这就是所泽的背面"。我一直以为那里会被开发，却到今天都没变。武藏野是一片高地，是火山灰堆积而成，河流经过这里，河道会变得弯弯曲曲，仿佛要陷进地里。两边的岸壁被称为"屼"。岸边泉水涌出，小河流过，人们可以将周围的土地开垦成农田。这样的地形环境在武藏野随处可见，神之山便是其中之一，当时孩子们把神之山叫作"秃山"（日语发音 hageyama），其实应该是"屼山"（日语发音 hakeyama）。

龙猫是个不会讨好别人的角色。
我想画一个心无杂念的巨大生物。

——龙猫的形象也是在所泽的风景中诞生的吗？

我是看到一个公交站后想到的。拿着伞在公交站等父亲，车却怎么也不来。我也有过相似的经历，不过是在电车站。现在一想，不就是没带伞吗，他自己买一把就好了（笑）。但是，当时就是想去车站接父亲。至于电影，最初的我的设想是，把电车站换成公交站，女孩在公交站等父亲的时候，对面走来一个怪怪的家伙。它站在了女孩旁边。瞥上一眼，那家伙长着毛，爪子也很锋利。女孩吓得心怦怦直跳，却还是偷偷看了一眼，那个怪怪的家伙就站在身边！怪怪的家伙到底是什么？反复琢磨后，我画下了龙猫的形象。龙猫

并不是一开始就构思好的，而是半路出现的。

如果要在"笨蛋"和"机灵鬼"中选一个来形容龙猫，它就是个超级大笨蛋，这一点对于角色塑造非常重要。它在想些什么，或者说它真的在"想"吗？它其实什么都不想。我要的是这样的角色，而不是那种眼睛滴溜溜地转，随时想着怎么讨好别人的角色。

——是那种让人察觉不出内心想法的角色吗？

"想法"这个词本身就不恰当。司马辽太郎先生曾在书里写过，日本人非常喜欢"大愚"。如果只是聪明，就会像石田三成那样得不到尊敬（笑）。像西乡先生（西乡隆盛），头脑非常聪明，但他什么都不做，只要站在那里，大家就不敢忽视西乡大人的存在，我想塑造这样的角色。

——《龙猫》最初的名字是"所泽的邻家怪物"吗？

我记得当时给阿朴（高畑勋导演）讲了"邻家怪物"的故事后，阿朴说"真是太有意思了"。

——因为忽然出现在身边，所以才叫"邻家怪物"吗？

不是的。是因为它就住在附近的山里。我总爱在杂木林里转来转去，除了捡垃圾，还因为被杂木林神

秘的气息吸引，总觉得"林子里好像有什么东西"。每次去杂木林，我都会发现，今天的林子和之前不太一样。每个地方不是都有独特的气息吗？

——每次去杂木林的感觉都不一样吗？

有时候它好像在对我说"别过来"。

——真的吗？我一般会觉得它在欢迎我。

那你真是幸福的人（笑）。

这个邻家怪物绝对不会突然坐到矮桌旁和我一起吃饭。它身形庞大，谁也不知道它在想些什么。它既不会多管闲事，也不会被人呼来唤去。这样一个怪物究竟长什么模样，当时我毫无头绪，就把故事讲给阿朴先生了。

——那就是龙猫啊。

对。我必须画出它的样子，可是这样也不合适，那样也不行。后来，最开始想到的爪子给了我灵感。爪子不能太小，于是我画出了只粗壮的爪子。可是那样就会变成熊，变成熊可就不好了，最后就成了现在的样子。

在《龙猫》之前，我和高畑勋导演制作过一部名叫《熊猫家族》的动画电影。要说电影里的熊猫在做什么，其实它们什么都不做才好。只是呆呆地站在那里，

说一声"尼"，就能得到孩子们热烈的回应。没有任何引人注意的举动，只说一句"竹林真好"，孩子们就会哇哇欢呼。

我家的小鬼（儿子们）看这部电影时，老是喜笑颜开地看着我和我老婆。就算我说"电影还没完呢，给我好好看"也没用（笑）。我想不明白其中原因，但觉得"这或许是个重大发现"。

这就是大愚啊。并不需要用简明易懂的外形去表达什么。它只是个巨大的存在，没有一点儿坏心眼。我们必须做出这样的东西。

——初期画的那些概念图中的世界和您原本的想象接近吗？电影中猫巴士里也有很多长得像妖怪的东西。

与其叫妖怪，不如说是很多来历不明的东西。给它们画脸的时候，不能想太多。如果在这方面花很大功夫，就会渐渐涌出杂念——让周边产品多卖点……之前没意识到的东西会一直缠着我，不知不觉事情就变得复杂了。

所以，我虽然为吉卜力美术馆制作了番外短片（《梅与猫巴士》），但要让我制作《龙猫》第二部就太难了。

——龙猫这个动画形象是想给观众一种特立独行的感觉吗？

是的。要是再做一部，龙猫不就显得过于讨好观

众了吗？

　　而且我自己已经变了，是时候做出新的东西了。我已经画不出那样的风景，这一部就够了。

最重要的，是让人们去杂木林里看看。

——最后，为了守住今天的大自然，您觉得我们最应该做些什么？

　　简而言之，就是保护好杂木林。杂木林虽小，我每天都要去走走。转上一圈，看看有没有垃圾，为该不该砍掉那棵榉树和别人争论一番。有很多人支持砍树。我属于不砍树派，常和对方争辩"我上了岁数，也该被砍掉吗"。到了最后，我就会冒出"要砍就先砍我"这种莫名其妙的话。关于这个问题，不知该归为自然保护还是景观保护，总之非常复杂。日本自然主义文学家国木田独步那时候散步的杂木林属于农业林，现在的杂木林已经不能采取那样的管理方式了。

——您说的是为人们生活提供资源的再生林吧。

　　是的。把杂木林当成经济林来管理已经行不通了。但是，如果放任不管，林子就会杂乱不堪，最终整片树林会在某个时刻倒下。我觉得就算树林倒下，也会马上有新的植物长出来。不过，树林还是需要人工维护。我认为最重要的维护方式，是让人们去杂木林里看看，

而不是一上来就拿着剪刀去修剪。

——正如您所说，大自然总是在创造新的生命。

　　其实，杂木林里会发生很多事。不只有新生，树会倒下，会腐朽，腐朽后会长出蘑菇。这个过程中既有死亡又有新生，正因如此，大自然才是那样丰富多彩。

枝繁叶茂的大樟树。虽然明白世上不可能有
这么大的樟树，但是在电影里，它可以按照
想象突然膨胀起来。

大樟树

女孩透过矮小的树丛向里窥探。
龙猫好像回头瞥了一眼……

在树叶隧道中，大龙猫和中龙猫回过
头来，一脸什么都没有在想的表情。

入口.
だれにもみつからないはずの入口

入口，不该有人发现的入口

ド゛ラッと風がふいて、 二匹共消えてしまった

刮起一阵风，两只龙猫一起消失了

"刮起一阵风，两只龙猫一起消失了"
这一幕充满奇幻色彩：树木剧烈扭曲，树叶在风中飞舞。

"以前，神田川流域的池塘中能看到鱼儿在水底游来游去，发着闪闪的亮光，我还在那里钓过鱼。在我小时候，那是极其普通的风景。"（宫崎骏）

这是搬家时的场景：两侧崖壁耸立，头顶
枝叶繁茂。一路爬坡直到尽头，坡顶的房
子让人印象深刻。

门の切通しに出けて 庭へ

穿过崖壁间的小道前往庭院

武藏野的田园风景被夕阳染成了粉红色。小河流淌，蜿蜒的河道让岸壁越发陡峭，四周被开垦成了田地。

ブンブン で空をとぶ

嗖嗖地在天空中飞翔

狭山丘陵——想把这样的故乡风景留给未来

自江户时代起,
狭山丘陵就与人们的生活息息相关,
经过人工维护的杂木林得以留存至今。

众人守护的狭山自然

日本各地纷纷推进城市化的同时，狭山丘陵的地方政府努力守护着这片绿色风景，让丰富的自然资源留存下去。这片广阔的丘陵地带跨越东京和埼玉，东西长约十一千米、南北宽约四千米，从二十世纪二十年代到三十年代，附近修建了多摩湖和狭山湖两个人工湖，用作向东京输送水资源的蓄水池。丘陵的自然环境因此遭到破坏，但人工湖周边的林地以水源防护林的形式保存下来。如今，杂木林、湿地和山谷共同创造出了丰饶的狭山自然环境，多种多样的动物植物栖息其中，人与自然和谐相处。这里被称为"首都圈的绿岛"，是都市周边珍贵的自然遗产。

受城镇发展以及农业形态和生活方式变化的影响，杂木林的面积与五十年前相比缩水了很多。近年来，狭山丘陵地带被视为历史遗产，这里因成功实现了现代人生活与自然环境的紧密互联，而被人们重新审视。

龙猫诞生地的地图

狭山丘陵

狭山湖

千门之森

狭山丘陵

下山口站

荒幡富士市民之森

荒幡富士

西武狭山线

菩提树田

西武球场前站

西武园游乐场

西武山口线

多摩湖

西武游园地站

西武园站

东川

所泽站

西武池袋线

西武拜狭线

上安松

神之山

武藏野线

柳濑川

柳濑川

鸠峰公园

秋津站

水天宫

松丘

新秋津站

将军冢

国山绿地

新山手医院

白十字医院

北川

前川

西武新宿线

西武园线

宫崎朱美 绘

图书在版编目（ＣＩＰ）数据

啊！龙猫／（日）宫崎骏监修；日本吉卜力工作室
编；史诗译. —— 海口：南海出版公司，2022.9
ISBN 978—7—5442—9909—1

Ⅰ. ①啊… Ⅱ. ①宫… ②日… ③史… Ⅲ. ①随笔—
作品集—日本—现代 Ⅳ. ① I313.65

中国版本图书馆 CIP 数据核字 (2020) 第 066912 号

著作权合同登记号　图字：30—2020—034
TOTORO NO UMARETA TOKORO
supervised by Hayao Miyazaki and edited by Studio Ghibli
© Studio Ghibli
© 2018 Akemi Miyazaki
Originally published in 2018 by Iwanami Shoten, Publishers, Tokyo.
This simplified Chinese edition published 2022
by ThinKingdom Media Group, Ltd., Beijing
by arrangement with Iwanami Shoten, Publishers, Tokyo

啊！龙猫

〔日〕宫崎骏 监修
日本吉卜力工作室 编
史诗 译

出　　版　南海出版公司　（0898）66568511
　　　　　海口市海秀中路51号星华大厦五楼　　邮编 570206
发　　行　新经典发行有限公司
　　　　　电话 (010)68423599　　邮箱 editor@readinglife.com
经　　销　新华书店

设　　计　〔日〕小松季弘
责任编辑　黄宁群
特邀编辑　敬雁飞　杜珈琦
营销编辑　刘子祎　续　娜
装帧设计　李照祥
内文制作　田小波　王春雪

印　　刷　北京奇良海德印刷股份有限公司
开　　本　889毫米×1092毫米　1/20
印　　张　4
字　　数　78千
版　　次　2022年9月第1版
印　　次　2022年9月第1次印刷
书　　号　ISBN 978—7—5442—9909—1
定　　价　68.00元